KB215050

일간 어머니 정기 구독

변종태

1990년 『다층』으로 작품 활동을 시작했다.

시집 『멕시코행 열차는 어디서 타지』 『니체와 함께 간 선술집에서』 『안티를 위하여』
『미친 닭을 위한 변명』 『목련 봉오리로 쓰다』 『일간 어머니 정기 구독』을 썼다.

제주특별자치도예술인상을 수상했다.

파란시선 0158 **일간 어머니 정기 구독**

1판 1쇄 펴낸날 2025년 6월 10일
지은이 변종태
인쇄인 (주)두경 정지오
디자인 이다경
펴낸이 채상우
펴낸곳 (주)함께하는출판그룹파란
등록번호 제2015-000068호
등록일자 2015년 9월 15일
주소 (10387) 경기도 고양시 일산서구 중앙로 1455 대우시티프라자 B1 202-1호
전화 031-919-4288
팩스 031-919-4287
모바일팩스 0504-441-3439
이메일 bookparan2015@hanmail.net

ⓒ변종태, 2025, printed in Seoul, Korea

ISBN 979-11-94799-03-0 03810

값 12,000원

*이 책은 제주특별자치도와 제주문화예술재단의 2025년 제주문화예술재단 지원 사업
후원을 받아 발간되었습니다.

일간 어머니 정기 구독

변종태 시집

시인의 말

세상 모든 어머니는 시인이다

날마다 어머니를 읽는다

아흔 넘은 어머니의 일과가

시를 만든다

오래된 문장일수록 감칠맛이 난다

차례

시인의 말

제1부

자세를 기다리다

지구 반 바퀴를 돌아오던 날
비행기 트랩을 내리는데 자세가 따라오지를 않는다
꾸부정하게 앉아 있던 자세는 45B 좌석에 그대로
내 형상으로 남아 있다
＿어서 내리세요
텅 빈 비행기 안에는 아직도 자세들이 가득하다
＿비행운이 비행기 꼬리에 매달려 있어요
＿허리 아프실 텐데 이제 그만 허리 좀 펴세요
지상에서 1만 미터가 넘는 허공을 지나오던 날
저 자세를 가지고 내려야 하는데
구겨진 자세가 펴지지 않는다
땀에 쩐 저 자세를 세탁하고 다림질도 좀 해야 하는데
나만 내리고 자세가 내리지를 않는다
어디서 많이 봤던
생각하는 사람의
그의 뇌 찌푸린 이마 벌어진 콧구멍 굳게 다문 입술
팔과 등과 다리의 모든 근육 꽉 움켜쥔 주먹과 오므리고
있는 발가락이
생각하는 자세인 듯도 하고

—

양!

—

텃밭의 잡초는 어머니 욕설을 먹고 자란다 땡볕에 앉아 텃밭 잡초의 이름을 차례로 뽑아낸다 웃어른을 부르는 제주어 대명사 양! 불러도 알아듣지를 못한다 햇볕은 더 뜨겁게 내리고 양! 냉이도 민들레도 뽑혀 나간다 양~ 텃밭에 민들레보다 깊은 직근(直根)을 박은 건지 양~! 땡볕에 뱉어 낸 음절마저 산산이 부서져 ㅇ ㅑ ㅇ으로 허공에 흩어져 버리는 잡초와의 싸움에서 끝장을 보시려는지 양~! 뽑고 돌아앉으면 다시 돋아나는 끈질김을 향해 찰진 욕설을 쏟아붓는 어머니 양~ 당신 가슴에 박힌 통증을 뽑는 중일까 현기증 나는 한낮의 고요를 깨고 날아가는 양! 내 부름은 텃밭에 뿌리가 깊이 박힌 어머니를 어쩌지 못한다 텃밭에 잡초 이름 하나 더 박힌다 야양~!

—

죽음을 읽다

내가 신작이었던 게 언제였을까 배달되는 잡지에 실린 신작들을 넘겨볼 때마다 언제까지 신작일까 묻는다 돌은 계절이 바뀌어도 신작을 낳을 수가 없다 죽을 수가 없다 죽을 수 있어야 살아날 수 있고 살아날 수 있어야 신작을 낳을 수 있다 봄이 되면 꽃은 봄의 신작일까 죽었다가 살아나는 것만 신작을 낳을 수 있다 시인들은 시 한 편을 쓰기 위해 죽었다가 살아나는 사람들이다 다음 꽃을 피울 때까지 죽을 사람들이다 잡지를 여는 순간만 신작인 시 한 편에서 어느 시인의 죽음 냄새를 맡는다 얼마나 죽었다가 다시 살아난 것인지 익히 아는 삶이었다

석태아(石胎兒)

一
　　봄꽃이 피어나는 건 겨울이 그만큼 무거웠기 때문이야
　　꽃은 꺾이는 순간 사랑이 된다지
　　외롭다는 건 삶이 그만큼 무겁다는 것
　　주머니에 들어 있는 수없는 이름을 매만지다가
　　결국 아무 이름도 꺼내지 못한 채 오늘을 건너는 것처럼
　　꽃씨 봉지를 뜯어 화단에 뿌리는 건
　　차례로 피어날 날들이 있기 때문이지
　　봄이 되어도 피어나지 못하는 이름들이 화단에서 굳어 가고
　　눈물을 흘리면 피어날까
　　지던 꽃이 다시 살아날까
　　언젠가는 피어날 것이라는 꿈을 품은 채
　　주머니에 묻힌 이름들은 손의 감촉을 기억이나 할까
　　우주는 거대한 풍선인 걸까
　　힘껏 불어 부풀리면 함께 배가 부를까
　　흙이 꽃을 밀어내지 못한 채 품고 있으면
　　생명은 굳어 버린 지구의 호흡을 잊어버린 걸까
　　화석화한 그의 이름에 손이 닿으면
　　생명이 될까 사랑이 될까
　　한 세기쯤 지난 뒤 이름에 손길이 닿으면 나도 필 수 있을까
一　　나는 외로운 걸까 봄이 온다는데

14

꽃 피려는 걸까

그랬다

며칠 동안 봄 같은 겨울이었다
눈이 온다고 말하려 하면
비가 내렸다 항상
아니다 종종 그랬다
마주 앉은 너는 ㄱ을 써 놓고 ㄴ이라고 우겼다
도대체 언제까지 겨울인 거니
네 목소리가 수직으로 내리는 날이 되풀이됐다
도대체 너는 언제면 오는 거니
항상 그랬다 아니다
종종 그랬다 쪼그려 앉은 채
눈밭에 작대기로 ㄱ을 그리고 ㄴ이라고 우기는
날씨가 그랬다 네가
그런 게 아니라고 우기는 게 아니라고
항상 그랬다
겨울은 ㄱ을 그리고 ㄴ이라고 우기는
그런 계절이었다
네가 그린 ㄱ과 내가 그린 ㄴ이 포개진
새 한 마리 하늘로 날아올랐다

마치와 처럼

우리가 무수한 꽃을 지상으로 뱉어 낼 수 있다면 뱉은 말들이 지지 않는 향기를 뿜어내는 꽃밭일 수 있다면 마치 꽃을 피워 내는 봄의 실바람처럼 꽃밥을 비비듯 그렇게 그런 말들을 뱉어 낼 수 있다면 그런 일들이 정치권에서 불어오는 나날이 지속된다면 그때부터 봄인가 싶기도 할 텐데 마치 혹한의 겨울 풍설(風雪)처럼 영혼마저 고사시키려는 듯 마치 날리는 바람에 뒤집힌 치마처럼 내 귀를 붉히는 뒤집힌 치마처럼 부끄러운 말들이 겨울바람을 타고 뚝뚝 떨어지는 마치인 듯 그랬으면 몹쓸 바람에 뒤집혀 일찍 핀 봄꽃들의 행진처럼

공갈빵을 먹는 아침

노릇노릇 공기가 익어 간다
자신을 속이고 뜨거운 입김으로 타인을 속이고
불안한 단단함에 안으로 채워지는
간밤 부푼 꿈은 아침이면 바삭하게 부서진다
꿈은 뜯어 먹는 게 아니야
부숴 먹어야 하는 거야
부숴서 그 안에 든 공기만 먹는 거야
얄팍한 껍질에 싸여 잠시 내 꿈에 왔다가
쓴 커피 한잔 곁들인 채 부서진다
역시 공갈은 달달해야 제맛이지
황홀경에 빠진 채 속는 줄도 모르고
공갈이여 영원히
부서지지 말기를
바삭한 껍질에 쌓여 뜨거운 공기로 채워진
공갈일지라도 달콤하기를
간밤 꿈속을 다녀간 흐릿한 실루엣의 여인이여
이 아침에 맛보는 공갈의 달콤함이
부서지지 말기를 부디
공갈만큼만 달콤하기를

그즈음 우리는

갖가지 색깔의 마스크로 스스로를 가리고 살았다 홀러덩 벗고 거리를 걸으면서도 마음과 언어와 욕정과 메마름을 올려 쓰며 행여나 내가 짐이 되지 않을까 조심조심 봉인하고 졸라매고 감추며 호흡을 가다듬어야 했다 그해 겨울 우리는 우리의 호흡에 자유롭지 못한 채 욕망과 메마름에서 습기를 걸러 내며 우리여야만 했다 서글픈 언어가 마스크에 걸려 넘어진다고 해도 차마 일으키지 못하고 띄엄띄엄 앉아서 더듬더듬 맞춤법에 어긋나는 문장을 토해야 했다

그해 덤으로 우리는 죽어 넘어지는 돼지들의 우울한 신음 소리와 매장되는 닭들의 날갯짓을 외면해야만 했다 달걀값이 오른다고 고깃값이 오른다고 푸념도 걱정도 마스크로 가려야만 했다 알 듯 모를 듯 물음표를 찍으며 혹시라는 말을 습관처럼 뱉어야 했다 그랬다는 전설이 그랬더라는 기억이 그랬노라는 뉴스가 낭설이 턱을 타고 흘러내렸다

실례지만 혹시

너머를 짖다

창밖에 내리는 비인데
창문 안의 나만 혼자 젖고 있는 칠월의 끄트머리
탁자 위에는 찻잔, 주둥이가 둔탁한
그 너머에 녹슨 벤치, 새똥이 묻은
그 그 너머에 벚나무 한 그루, 벌거벗은
또 너머에 야트막한 돌담, 상처로 구멍 난
그 또 너머에 커다란 창문, 먼지 앉은
그 아래에 가슴이 턱 막히는 말 한마디, 갈까
다시 아래에 노란 팬지, 철모르는
그보다 낮게 스미는 빗방울, 에로틱하게
그런 아래로 젖어 드는, 그동안 주고받은 대화들
뱉어 냈던 숨소리, 식어 버린
쏟아 냈던 단어들, 와르르
조립했던 문장들, 천천히 새로운 창이 열리며
빗길을 달려온 인연 길게 미끄러지며 미끄러지며
다시 천천히 시선을 거둬들이며
손가락 지문을 폭폭 찍으며
안고 가야 할 것들이 많아서
구석 자리에서 자라는 꽃과 나무와 풀들
창문 안쪽을 무수히 오갔던 사람들의 투명한 발자국

한꺼번에 목줄이 풀려 걸음 붙잡는
컹컹

나쁜 일이 거울에서

—

　언제나 오지 거울로부터 외출복을 갈아입고 거울 앞에 서면 수십 마리의 말이 눈밭을 가로지르지 말 발자국마다 꾹꾹 눌러쓴 유서처럼 그가 세상을 등졌다는 눈밭처럼 흰 국화에 둘러싸인 채 그는 여전히 길들지 않은 야생마처럼 웃고 있고 거울 앞에 섰을 때 마주한 얼굴은 거울로부터 생겨난 슬픈 일이 너무나 많지 거울에서 오늘로 옮겨 가지 그리고 지난 수요일이던가 내가 거울을 보지 않고 현관을 나서던 날 불어오는 네 한숨이 거울 속 내 옷섶을 흔들고

—

그녀가 나무에 사물을 담고 있다

　나무에 기대선다 안에서 흐르는 물소리 들린다 물은 직선으로 흐른 적이 없다 나무의 곡선으로 흐르는 물에 그녀가 흘러간다 나무 안에는 오랜 세월 동안 솟는 샘이 있다 시내가 있다 강이 있다 흐르는 물과 함께 흐르던 그녀가 한숨을 쉬면 나무는 잠시 기우뚱 흔들린다 흔들림은 곡선을 만들고 다시 흘러간다 나무 안에서 쉬던 그녀가 나무 안에 사물을 담고 있다 나무가 품고 있는 의자에 앉아 쉬고 있는 그녀 바람이 불어 나무가 휘청거리는 순간 의자가 기우뚱거린다 그녀도 뒤뚱거린다 건너편에 다탁 하나 오롯이 앉아 있다 다탁 위에 놓인 깔끔한 찻잔 두 개 나무의 수액을 채운다

　이리 와서 차 한잔 마셔

네가 남쪽이라고 부르는

— 너는 남쪽이라고 부르고 이따금 그곳에 눈이 내린다고 말하면 비가 내린다 나는 두통이라 부른다 빗소리가 들린다고 말한다 그곳에 꽃이 피다 말다 빗살무늬로 통증이 번질 때 꼬리를 치는 올챙이를 본 적 있니 아니 올챙이 눈을 본 적 있니 눈꺼풀이 있을까 깜빡거릴까 두통을 향해 떨어지는 빗소리를 들은 적은 있니 똑 떨어지는 순간 일어나는 빗방울의 투명한 왕관을 머리에 씌워 주겠니 남쪽을 그리며 지끈거리는 투명한 빗방울 속에서 두통을 통통 두들겨 본다 아직도 네가 남쪽이라고 부르는 거기

—

저녁 뉴스를 들으며 에스메랄다와 춤을

자, 따라 해 봐 콰지모도
느낌표 물음표 말줄임표
아니 아니 흐느끼지는 말고
아름다운 수학은 감정이 있어야 하는 거야
더하기 빼기 곱하기 나누기
저기 멍하니 서 있는 전봇대 옆에 물음표 하나 찍어 줄래?
따라 해 보라니까
느낌표, 물음표, 따옴표
그래 그래 거기 잠든 ICBM에게 물음표 하나 찍어 줄래?
아니 아니 거기 스텔스에는 느낌표
그래 원 스텝 투 스텝 숫자에 걸음마를 다시 가르치는 거야
굳이 왼발 먼저 내디딜 필요는 없어
하나, 둘, 셋, 넷
저기 윤형(輪形) 철조망 위에 앉아 노래하는 나이팅게일 보
이니?
빼지 말고 더하기
더하지 말고 빼기
그래 오른쪽은 나누고 왼쪽은 곱하고
원 스텝 투 스텝
전쟁터에서는 포성이나 총성이 들리면 안 되는 거야

전장 복판으로 발레리나, 그래 하얀 발레복을 입은 발레리나가

드방 알라스콩 데리에

아니 발끝을 차올릴 때는 너무 자극적이지 않게 다시 한번

앙디올 앙데당

연기를 끝낸 발레리나에게 손뼉을 쳐 줄래?

거기 있는 대전차미사일 위에 물음표 대신 느낌표 하나 찍어 줄래?

그 숫자 위에 하얀 눈이 내리는 겨울밤을 덮어 줄래?

아무도 걸은 적 없는 눈밭을

사뿐히 밟아 나가는 발레리노

파트너 없이도 전장을 가득 채우는

발레리노의 동작에 느낌표

드방 알라스콩 데리에 앙디올 앙데당

저기 저 모니터의 푸른 정맥이 보이니?

전원이 꺼지고도 피돌기를 멈추지 않는 컴퓨터가

꽃을 피우는 게 보이니?

아장걸음을 걷는 아기처럼 서툴면 어때?

원 스텝 투 스텝 다시 한번 스텝 꽃 피는 자동차 숨 쉬는 톱니바퀴

헤이, 거기 자꾸 눈치만 보지 말고
내 발자국에 느낌표 하나 찍어 줄래?
경제는 사칙연산으로 정리되는 게 아니야
피가 돌아야지 꽃이 피어야지
내 건 줄이고 네 건 늘리는
원 스텝 투 스텝

*드방 알라스콩 데리에: 발레리나의 다리 방향을 의미하는 용어로, 앞,
옆, 뒤 방향을 의미함.
*앙디올 앙데당: 시계 방향 회전과 반시계 방향 회전.

무연고 변사 처리 전담반

—

핀 순서대로 지는 게 아니라서
피기도 전에 얼굴을 닫아 버리는 꽃
극단적 선택이 아니라 바람에 목을 베인 사고사라면
어디에 보험금을 청구해야 할까

이름 없는 고양이라서
주인 없는 새라서
집 없는 개라서
흔하디흔한 꽃이라서

오고 가는 데 순서가 없다지만
피는 대로 지는 것은 아니라지만
그건 오직 신만이 할 수 있는 장난

풍장에 몸을 맡기는 조로아스터교인의
생의 바람은 어디서 불어오는 걸까

먼저 피면 먼저 진다는 흔한 거짓말
나중에 핀 꽃이 오래간다는 그 뻔한 희망 같은 말

—

오늘도 앙칼진 죽음이 문 앞에 배송된다
무연고로 처리되는 목숨처럼
아무도 치워 가지 않는 생이
두터운 바람 옷을 갈아입는다

며칠째 우편함엔 고지서들만 수북이 쌓였다

서귀포에서 그리다

푸른 서귀포 바닷물을 찍어 그대를 그립니다 그리다 다시 지워지지 않는 그대 입술을 그립니다 그대를 그리는 일이라서 문섬과 섶섬 사이 바닷게 집게발로 가만히 흐르는 바닷물을 푹푹 찍어서 그립니다 정방폭포 절벽에 그대를 그립니다 물살로 씻고 씻어도 지워지지 않는 그대를 그리는 일이라서 사랑하는 마음 하나 수직으로 서 있는 섶섬 절벽에 수백 수천의 그대 입술을 그립니다 물살에 스친 입술이 뻐끔거리며 수많은 그리움을 뱉어 내도록 서귀포 바닷물을 찍어 푸른 그대를 그립니다

제2부

옴살 이녁

가장 부끄러운 부분을 우산처럼 함께 쓰고
그림자처럼 이녁이라 했다지
떨어지는 비를 긋던 이녁이라고 했다지
무거운 빗방울이 걸리면 낚싯대가 파르르
미친 듯 울어 대던 바람 속
빗물을 한 방울씩 낚아 올리며 아침을 기다리는
뿌리를 박은 채 피고 지기를 되풀이하는
사랑해라는 말은 굽은 낚싯바늘
손끝에 전해지는 떨림 그 느낌으로
아침마다 물을 주는 이녁이라 했다지
언뜻언뜻 비치는 얼굴이었다지
오늘 밤은 비가 내리면 어떨까
옴살처럼 몸에 맞는 옷처럼 좀비비추 꽃대가 바람에 흔
들려서
이녁이라고 했다지
잔바람에 흔들리는 보랏빛에
밟아도 밟히지 않는 춤곡을 틀어 놓고
처마 밑으로 똑, 똑, 떨어지면 어때
베란다에 피어난 보랏빛 좀비비추꽃을
이녁이라고 했다지

일간 어머니 정기 구독

vol. 33580.

오늘은 휴간일, 어머니가 배달되지 않는다. 텃밭의 잡초는 이때다 싶어 깊이 뿌리를 내리고 김연경 선수는 상대 코트를 향해 강력 스파이크를 날린다. 가끔 코리안숏헤어에게 밥을 주기 위해 문을 열기도 하지만 대부분의 시간 어머니의 문은 열리지 않는다.

vol. 33579.

사흘 전 읽은 어머니의 기사가 생각나지 않는다. 헤드라인에 주먹만 하게 새겨진 글씨 한 글자도 떠오르지 않는다. 몇 시에 대문이 열렸던가. 축축했던가 뽀송했던가 기억나지 않는다. 어스름 녘에 떴던 속보의 내용도 기억나지 않는다.

vol. 33578.

골목으로 새벽 다섯 시에 배달된 어머니가 읽히지 않는다.

오늘 동백 열매는 저 혼자 벌어져 떨어지고 있을 텐데

밀고 나간 유모차에 실려 온 까만 동백 씨앗이

고루 펴진 채 가을 햇살에 말라 간다.

빨간 기억을 기름지게 쓸어 담은 어머니가

골목 끝에서 끝까지 여러 번 인쇄되고 있다.

vol. 33577.

보일러 버튼은 자꾸만 꺼진다.
자동 설정으로 알아서 꺼지는 게 아닌데
수은주는 영하를 향해 내달리는데
어머니 보일러는 자꾸만 쉬어 간다.
기름 한 방울 안 나오는 나라에 산 지 오래된 어머니가
혼자의 시간 동안 눈물방울을 짜내던 어머니가
날마다 굵은 땀방울 흘리면서 살아온 어머니가
자꾸만 보일러 엔진을 정지시킨다.
어머니 윤전기가 자꾸만 불안하다.

물의 손길

―

비가 온다고 곳곳에 미치는 것은 아니기에 자살하지 않도록 식물에게 물을 준다

그렇게 건조하게 물을 준다고 말하면 어떡하냐 이 멍청아! 비가 온다고 화분이 듬뿍 젖는 건 아니라고 몇천 번을 말해 줘야 해?

비가 마음까지 적실 때도 있어서 비 오는 날 우산을 쓰고 비를 가린다 가린다고 가려지는 것은 아니지만 슬픔의 농도를 조절하기 위해 우산을 쓴다

어제에 비가 내린다고 우산을 쓴다고 슬플 때 눈물을 참는다고 젖지 않는 것은 아니지만

오늘처럼 비가 내린다 비가 오는 아침 우산을 쓰고 화분에 물을 줬다

화분처럼 찾아갈 수 없는 그대에게 촉촉하거나 축축하거나 감정선을 잃어버린 혹은 잊어버린 날씨를 탓하지 말라

―

오늘은 화분에 물을 주다가 우산 안에만 내리는 비를 맞으며 문득 그곳에서 축축해지는 그대를 생각하다가 젖어도 젖지 않는 사랑을 생각하다가 화분들에서 피어날 꽃을 생각하다가

시비 걸지 말라니까 등신아! 자꾸 비 오는 날 물을 준다

이별 스케치

신호등이 있다 버려진 나무 의자가 있고 새우깡 빈 봉지가 있고 시인이 있다 신호등에 하이힐을 신겨 주고 나무 의자에 양말을 새우깡에 신발을 신겨 바다로 보내면 어느 해변에서 다시 만날까 뽀리뱅이가 피는 언덕에서 기다리면 보리새우가 알을 낳으려나 내가 떠나보낸 계절은 요통이 다 나았으려나 봄이 왔는데도 날씨는 따뜻해지지 않고 꽃이 피는데도 벌들이 보이질 않아 양봉업자 시완 씨는 꿀벌을 찾아 공사 현장을 떠돈다 새 건물로 입주하는 새우깡은 안개비 내리는 날 눅눅해진 기분으로 낮잠을 자려나 보온병에 드립커피를 담아 강가에 두면 에티오피아가 찾아와 주려나 쓸데없는 질문이 많아지는 안개비 속에서 떠나 버린 새우깡을 그린다 알은 무사히 부화될까 해연풍을 맞으며 피어나는 뽀리뱅이는 아삭한 새우깡을 그리워할까 눅눅해지는 봄 바닷가에 빨간 하이힐을 신은 새우깡이 걸어간다

기억을 더듬다

가자니아는 왜 어류가 아닌가   —

소나무 아래 벤치에 앉아 너를 기다리며 그 벤치 아래 돌멩이로 눌러놓은 **기억나지 않지만** 근육질 언어들이 어금니에 씹히는 여름 한낮 거친 소나무 수피를 어루만지다가 흑송(黑松)인지 적송(赤松)인지 아래에 돌멩이로 눌러놓았던 담배꽁초는 아직도 연기를 피우고 있는지 담배꽁초 몇 개를 돌로 눌러놓았는지 **기억나지 않지만** 데페이즈망 남대천 가자니아 연어 숱한 언어들이 물관을 거슬러 오름 직한 둥치가 한 아름 넘는 소나무 아래서 입안을 맴도는 단어들을 헤아린다 몇 개까지 헤아렸는지 **기억나지 않지만** 돌멩이 아래 눌러놓은 단어들 그 아래 숨어 너를 기다리며 흑송인지 적송인지 어느 것이어도 상관없지만

내가 생선을 발라 먹는 동안 몇 척의 배가 뒤집혔을까 **기억나지 않지만**

—

노을의 배후

—

저 노을은 분명히 배후가 있다

정체를 드러내지 않는 노을의 배후

그렇게 쓰러지고 쓰러지면서도 달려와 금능해수욕장의
모서리를 쪼아 대는 노을에는 분명히 배후가 있다
앞바다에 코끼리를 삼킨 보아뱀 그림처럼 되똑하니 놓여
있는 비양도 상공에서 좌회전하는 비행기들을 보아도 저
노을에는 분명히 배후가 있다

구름 몇 조각 하늘에 던졌다고 얼굴을 붉히는 금능의 하늘

초승달이 뜨는 날
금능에 와서
달의 배를 불리고 간다

달은 금능 앞바다를 윤슬 지게 하고

노을의 배후에는 스러지는 그림자 하나 있다

—

40

저 달의 배후에는 노을의 원주인이 있을 것이다   ―

당신을 떠올리면 배가 고프다

기다림은 머리 가슴 배로 나뉩니다
그건 곤충의 이야기지요
아니요 가슴 쓰리게 기다려 본 사람만 아는 얘기랍니다
기다림의 처음을 생각합니다
그대가 저쪽에서 걸어오는 포즈를
걸어올 방향에서 불어오는 그대의 바람을
기다립니다 머리에서 시작되는 거예요
다음은 가슴이 뛰기 시작하지요
자, 시간이 다 되었습니다
몇 박자로 할까요
선택은 자유지만 그대 스텝에 맞춰 볼게요
몇 박자로 걸어오실래요
다음은 배가 반응합니다
그러게요 기다림과 배에 대해서는 조금 다른 상상력이
필요하지만
굳이 거기까지 가지 않아도 될 텐데
카마수트라를 떠올리셨다면 당신은 최고의 상상력을 가진
거예요
어디에서 기다릴까요
문득 배가 고파서

오늘은 무엇을 먹을까요

우린 결정 장애라는 공통점을 지니고 있다 말했던가요

아무 데나 혹은 아무거나라고 말하곤

아무 데도 안 가고 아무거나도 먹지 않았지요

당신의 얼굴을 떠올리면 배가 고파 옵니다

그나저나 우리 어디 갈까요

기다림은 무얼 먹을까요

우리 헤어지기 전에 허기를 채울 수 있기는 할까요

그래요 기다리는 중입니다

물다와 묻다

—

들어가도 될까요 나무와 나무 사이에 투명한 門이 있다
때로는 間이다가 聞이다가 文이다가 蚊이 되어 팔꿈치를
따끔 물어뜯는 모기에게서 시작되어 수많은 질문으로 돌
아가는 문은 저 하늘에 떠 있는 구름에서 시작된 것인지
빈손 휘휘 저어도 잡히지 않는 蚊이 앵앵거려 聞이 되었다
가 궁금한 間이 되었다가 다시 스르르 여닫히는 門이 되어
나무 사이에서 불어오는 물음은 어디에서 시작된 것인지
햇살을 타고 내려와 팔꿈치를 물어뜯는 바람의 방향에서
다시 물음이 시작된다 나무와 나무 사이에 문이 있어 열고
들어서며 다시 묻는다 들어가도 될까요

—

44

어둠 속에 숨기

　사람들이 나를 섬이라 불러요 밤이면 더 캄캄해지는 섬
이에요 뭍과의 경계가 아득하게 지워지고 나면 섬은 머리
만 남기고 바다에 잠겨요 왕복 8차선 도로가 나와 너라는
두 섬 사이를 관통해요 낮에 출항한 배가 옆구리를 한 바
퀴 돌고 갔어요 집어등을 환히 밝힌 배들이 숙면을 방해해
요 난 가끔씩 신호등이 깜빡이는 도로를 건너 편의점엘 가
고요 아르바이트 학생이 추천하는 과자 한 봉지를 주머니
에 넣고 얼른 자리로 돌아와요 물에 잠길 듯 말 듯한 높이
에서 맞은편 섬을 건너다보며 침으로 과자를 녹여 먹어요
어둠 속에서 과자 부서지는 소리가 바다를 깨우면 어떡하
죠 썰물이 되는 시간까지 조금 더 기다려야 하나 봐요 썰
물이 되면 너라는 섬의 실루엣이 드러날 거예요 그때까지
는 조금 더 잠긴 채 숨을 참고 있어야 해요

입추 다음다음 날

―   눈을 돌리면

카페 주방에서 앞치마를 두르고 설거지하는 그녀의 옆구리
살이 삐죽거렸다

눈을 돌려 마당의

벚나무 이파리가 느리게 창문 안을 기웃거리는 것에

왜 자꾸 쳐다보는데?

바람이 유리창을 벅벅 긁어 대는

입추 더위 다음다음 날인가 그랬다

눈을 돌려 어쩌려고?

바람이 불고 있다는 건 살아 있다는 거지?

―   어쩌자고

햇살에 오른쪽 팔뚝만 검게 그을리고 있었다

냉수를 더 부은 아이스아메리카노가 팔뚝에 툭 떨어지는
순간

눈을 돌려, 햇살 속으로 담배 연기가 길게 뿌려졌다

인디언 서머

창문을 두드리는 햇살에 눈을 뜨면
팽나무는 팽나무의 색이 있다고
찢으며 찢어발기며
저들끼리 수군거리며 피어난다

은행나무는 은행나무의 색이 있다고
어지럽게 흩날리던 간밤의 꿈자리에
시끄럽다 햇살
시끄럽다 햇살
불 꺼진 지하도에 한 무더기 노숙자들 소리친다

분홍분홍 피었다고 분홍 분홍 분홍
봄이라고 봄은 그저 무색으로 피어난다
밤새도록 몸살을 앓고 나서
모든 꽃들이 자신의 겨울을 들어 달라고

매화가 피었다고
녹나무는 녹나무의 색이 있다고
마당에 매화가 피었다고 구석구석 수런거린다
겨울을 견딘 사연 들어 달라고

꽃이 피었다, 시끄럽다

한수(寒樹)

한수(寒樹)에 대해 얘기해 줄까 어릴 적 께벗고 개울에서 함께 멱감던 한수 말고 까까머리 중학생 때 짝꿍이 돼서 처음 수음을 가르쳐 주던 문제아 한수 말고 인터넷이 고장 나 A/S 신청했는데 수리를 마치고 돌아서며 고객 만족도 전화 조사에 매우 만족이라고 응답해 달라고 부탁하고 돌아서던 기사 한수 말고 세상에 많고 많은 동명이인 한수 말고 마당 구석에 잎이란 잎 다 떨군 채 겨울바람에 귀싸대기 맞고 섰는 한수 얘기 말야 이런 날이 올 줄 알았다고 벌벌 떨면서도 이 또한 지나가리라 주문을 외며 내 방을 힐끗거리는 겨울나무에게 오늘도 수많은 한수를 떠올리며 겨울 마당에서 떨고 있는 나와 닮은 한수 얘기

하이클리어

엉덩이를 깊이 차일수록 멀리 날아가는 새들의 시간 촘
촘한 그물 밖에서 허우적거리는 날갯짓에도 자꾸만 날아
날아가라고 엉덩이를 걷어찬다 손목에서 시작된 스트로크
가 너의 엉덩이에 닿는 순간 한 마리 새가 되어 포물선을
그리는 꿈들 아쉬움은 부러진 새의 깃털로 남고 다시 가다
듬는 손끝에서 네가 쓰러져도 난 다시 새를 날린다 그물
이쪽에서 날아간 새는 계절이 바뀌어도 돌아오지 않는다
강하게 엉덩이를 차여 다시 깃털을 고르고 솟아오르는 순
간 편서풍을 타고 멀리 날고 싶었을 거다 스매싱에 영혼을
맡기고 세상의 끝까지 날아가고 싶었던 거다 엔드라인 밖
은 어디일까 다시 엉덩이에 와 닿는 일탈을 위하여 되도록
멀리멀리 날아가고 싶었던 거다

*하이클리어: 배드민턴에서 가장 기본이 되는 기술 중의 하나로 셔틀콕을
높게 멀리 타구하여 상대방의 뒤편 백바운더리 라인까지 보내는 기술.

쿰다

문득 새벽 동쪽 하늘을 봤지
실눈을 뜨고 날 보는 달이 떠 있는 거야
성산은 일출이라더니
아침 해가 달을 품고 있었던 거야
느 쿰곡 나 쿰곡 우리 쿰곡
살당 보민 살아진다 좋은 날 실 거여

어스름 저녁에 서쪽 하늘 봤지
가느다란 실눈으로 날 보는 달이 떠 있는 거야
수월봉 낙조라더니
지는 해도 달을 품고 있었던 거야
느 쿰곡 나 쿰곡 우리 쿰곡
살당 보민 살아진다 좋은 날 실 거여

서귀포 남쪽은 태평양 바다
바다가 섬을 품고 있다고 생각했어
성산에서 대정까지 동에서 서쪽까지
서귀포가 태평양을 품고 있었던 거야
느 쿰곡 나 쿰곡 우리 쿰곡
살당 보민 살아진다 좋은 날 실 거여

큼큼한 슬픔까지 품어 줄게
힘들고 지칠 때 서귀포에 오면
기쁘고 즐거울 때 서귀포에 오면
너의 모든 걸 품어 주는 산과 바다가 있어
느 쿰곡 나 쿰곡 우리 쿰곡
살당 보민 살아진다 좋은 날 실 거여

*느 쿰곡 나 쿰곡 우리 쿰곡 살당 보민 살아진다 좋은 날 실 거여: 너를
품고 나를 품고 우리를 품고 살다 보면 살게 될 거야 좋은 날 있을 거야.

동백에게

—

　넌 붉은 빨강이니 푸른 파랑이니 도톰한 잎을 열고 붉은 입술에 노오란 가루를 묻히고 나서 이 겨울 도대체 뭘 어쩌자는 거니 돌담 뒤에 숨어서 끊임없이 빨강과 파랑을 섞어서 노랗게 수다를 부려 놓는 너는 언제 아픈 거니 언제면 아프지 않을 거니 이 겨울을 어찌 견뎌야 하는 거니 내가 도대체 차가운 바람에게 무슨 말을 뱉고 있는 거니 붉은 빨강이니 푸른 파랑이니 도대체 너는

—

제3부

리그닌을 말하다

어머니께 가는 나무 계단은 수요일부터 목질화가 시작된
다 고동색이나 갈색이 아닌 이유는 출생지가 다른 까닭이
다 바람이 불어도 쓰러지지 않으려 흔들리는 계단은 얼마
나 삐걱대야 나무가 될 수 있을까 월요일과 화요일에 바람
은 얼마나 불었는지 목질화된 계단에 가시가 돋고 빨간 장
미가 핀다 울타리를 말하고 싶은 게 아니다 장미가 피는
그 계단이 어디로 통하는지도 말해야겠다 어머니에게 가
는 길이 바람에 흔들리고 흔들리다가 목질화되어 장미가
폈다고 말하려니 무릎에 가시가 돋아난다 계단을 오르는
무릎은 장미 향기를 맡으며 자라고 이따금 바람에 흔들리
기도 한다 무릎도 목질화되는 건가 가시가 돋는 토요일의
계단에 인공관절을 이식해 줘야 하나

*리그닌(lignin): 연골을 목질로 변형시키는 성분 중에서 지용성 페놀 고
분자.

베란다는 배란다

무한의 바다로 널 데려다줄게
때로는 조류에 휩쓸리고 롤링이 있을지라도
난간을 붙잡고 버텨 봐

베란다는 배란다
베란다가 없는 집에 사는 사람들에게는 바다가 없다 등
대가 없다 등대지기가 없다
베란다에서 배란다까지 거리는 얼마일까

때로 베란다 난간에서 디카프리오처럼 두 팔을 벌려 보
지만 앞에는 허공뿐
나는 날아가는 배란다
베란다에서 깜빡이는 등대까지의 거리는 얼마일까
그래서 다시 배란다
때론 뱃멀미로 헛구역질 나는 아파트 베란다에서 투명한 낚
싯대 주차장으로 드리우면 묵직한 손 떨림 대어가 낚인 건가

그래 배란다에서
화분 몇 개 꽃 피기를 기다리며 꽃나무에서 베란다까지
다시 훼리호 뜨는 부두까지 거리는 얼마일까

기적 소리를 울리며 떠나는 배가 어디를 향하는지 모르지만
조금만 더 난간을 붙잡고 견뎌 봐 흔들려 봐

달빛을 서성이다

─

달빛이 너무 아름다워 기어 나온 지렁이는
제 피부가 그을리는 것도 모른 채
하늘만 쳐다본단다

저 달빛을 모두 읽으면 하늘을 날 수 있을 거야

아무리 말려도 들리지 않는 엄마의 말씀
아가, 저건 네 꿈이 아니라
악마의 유혹이야
잠을 자 둬야 해
두더지가 널 유혹하는 소리란 걸 왜 모르니

그래도 가끔은 흔들리고 싶은걸요
저 달빛을 꼼꼼히 읽고 싶은걸요
저 섬세한 문장과 단어가 너무 아름다운걸요

보름이 이미 지났지만 저 문장은 여전히 유효한 거죠?
달이 빛나는 것은 촘촘히 박힌 단어들 때문이래요
알아요, 그래도 설득당하지는 않으려구요

─

아가, 어서 자거라
달이 스러지고 있잖니
멀리서 두더지 발걸음 소리가 들리잖니

엄마, 그래도 오늘 밤은 여전히 빛나는 문장인걸요
마저 천천히 읽어 볼래요
새벽이 오기 전 마지막 페이지를

아가, 저건 아니야
저건 밤의 속삭임이 아니라
스러지는 보름달의 그림자일 뿐이야

면도

　오늘은 면도하지 않기로 한다 얼굴에 칼날을 대면 오래
전 시들어 버린 애인이 생각난다 까끌한 수염으로 스킨십
을 하면 피부가 벌개진다고 화를 내는 밤이 있어 어둠 속
에서만 자라는 수염을 그대로 두기로 한다 귀뚜라미 우는
어둠을 먹고 마당의 풀들이 자라기 시작한다 비가 내리는
데 잔디를 깎아야 하는데 면도를 하지 않기로 한 걸 벌써
잊는다 가을이 온다는 걸 아는 귀뚜라미가 울음소리를 더
날카롭게 깎아 얼굴 살갗과 면도날 사이에서 운다 면도를
하려면 약속이 있어야 해 오늘은 자라지 않는 약속을 분갈
이할 거야 햇살이 비치면 은빛으로 빛나는 수염이 삐져나
와 있다

플루트는 가르릉

앞마당엔 햇살이 뒷마당으로는 비가 내리는 날 무지개가 뜨기를 기대하지만 플루트는 한 음씩 발성을 이탈하고 창밖 노을을 가린 커튼 뒤로 사람들은 졸고 닫힌 문을 열자고 마음먹는 순간 노을이 깜빡 졸아 버린 것은 아닌지 플루트의 목쉰 음색으로 가득한 방 안 마음과 말들이 섞이고 섞여서 뒤죽박죽될 때 찌든 커피 내음은 영혼을 적시고 주고받는 농들과 플루트 소리와 내 마음이 뒤죽박죽 흘러 마침내 노래가 소리를 잃을 때 플루트는 가르릉 출입구를 뚫어지게 쳐다보면 빗물이 문을 밀고 들어서는지 어쩌자고 매미는 성대를 버렸는지 플루트는 빗물에 젖었는지 반음씩 이탈하는 너의 고백에 나는 계속해서 가르릉가르릉

잠에 밑줄을 그었다

─   가을이었으면 좋겠다

그는 머리만 대면 코를 곤다 내 잠을 다 뺏어 간 듯이
깊이 모를 저 바닥에 끊임없이 나를 쏟아 내고도
나는 비워지지 않는다

나를 쏟아 낸다는 것이 나는 남고 잠만 쏟아 버린 것은
아닐까
날마다 바닥에 나를 쏟아 낸 것인지도 모른다
발이 바닥에 닿지를 않는다

도대체 저 사내의 속을 모르겠다
난 무슨 말을 하고 있는 거지
모르겠다는 건 내가 뱉어 낸 말이 아니기 때문인지도 모른다

바닥에 깨진 소주병이 날카롭게 시신경을 찌른다
발을 디딜 때마다 폭신폭신 잠이 밟힌다
바닥으로 가는 지도를 그려야겠어

─   긴 계단을 차례로 밟으면 이사벨라의 자장가가 울려 온다

여름에도 가을인 날들이 이어질 때마다 바닥은 점점 차
오른다
부디 오늘 밤은 잠들라 잠이 내게로 오기까지
나는 무수한 양들을 헤아려야 할지도 모른다

생각한다는 것도 어쩌면 내 생각이 아닐지도 모른다
아무리 잔소리해 봐도 가을이 오기 전에는 단풍이 들지
않는
어깨가 부딪힐 것 같은 좁은 골목을 지나서
가로등 대신 장미가 피어나는 길을 지나서

옆에 붙어서 단풍처럼 물들지 않는데도 붉어지는 마음
잠들지 못하고 쏟아 버린 잠이 문득문득 깨어난다
잠이 오질 않는다 잠이 들질 않는다

졸리지 않은 게 아닌데 잠들지 못하는 날들이 이어진다
충혈된 두 눈으로 바닥을 보면 바닥도 붉게 물들어 있다
그렇게 졸음의 확신이 들 때까지 붉어지기로 한다

저 유리 끝에서 붉은 장미가 피어날 것 같지 않아?

과녁을 벗어난 저녁

—

　과녁을 벗어난 네가 노을을 향해 날아간다는 소식을 들었다 주말은 원하지 않는 방향으로 어두워 가고 너와 함께 화살을 맞았던 곳에서 오리나무가 흔들리고 있다 과녁에서 벗어난 후에야 숱한 주말을 알게 됐다 물 건너에서는 사람들이 그들의 과녁을 벗어나고 더 먼 곳에서는 차라리 과녁을 옮기는 이들이 있다는 걸 들은 것도 주말 저녁이었을 거다 오리나무가 흔들리는 방향에서 너는 다시 나를 향해 화살을 날리고 나는 캄캄해진 절망을 향해 우뚝 선다 오리나무는 어둠 속에서도 아침까지 흔들리고 과녁 밖에서 아득해지는 가슴은 달궈진 난로를 맨손으로 짚은 듯한데 어둠이 이렇게 뜨거운 걸 이제사 알게 된 건 과녁 탓이었을 거다 불꽃보다 더 뜨거운 어둠이 있다는 걸 네가 과녁에서 벗어난 뒤에야 알았다

—

백 일 동안의 파문

흰배롱나무에서 들큼한 냄새가 났다 돌아보니 내 뒤를 따라오던 사람들은 보이지 않고 나 혼자 그 그늘에서 여름을 접는다 최고 수은주를 찍던 날 들여다보던 연못은 여러 차례 내 얼굴을 튕겨 내고 있었다 한참을 걷다가 저절로 걸음이 멈춰지던 그날 목마른 개처럼 덜컹이는 가슴을 쓸어내리곤 했다 배롱나무꽃이 지고 있었다 백 일을 피겠다더니 지고 있었다 간지럽다고 간지러워서 진다고 했다 떨어진 한 송이가 연못에 떠 있었다 작은 파문이 일다가 이내 잠잠해졌다 소금쟁이 한 마리가 꽃 위에 걸터앉았다 여름이었다 용케 반으로 접힌 여름이 한 번 더 접히고 있었다 접힌 자국을 기억이나 할까 연못 수면에 가만히 떠 있던 흰 배롱나무꽃 한 송이

꼭지를 딸 때 사과는 나무를 버린다

네가 떠나는 순간은 내게서 사과나무꽃이 피던 계절
우수수 봄비 속을 흐르던 네 말들이 온통 계절을 적시고
하루 이틀 사흘에 그리고 또 하루 이틀
기억이 기억을 사건이 사건을 밀어내는 동안
꽃이 진다 열매가 맺힌다
우르르 몰려가던 죽음이 잠깐 뒤돌아보는 사이

죽음은 사과로 여물게 하지 못하는 것이어서
장맛비에 떨어져 버린 사과를 기억하는 나무들
그 아래 썩은 여름을 아프게 간직한 채
남은 사과들은 햇빛을 피해 익어 간다
어둠을 받으며 시커멓게 익어 가던 사과에
가위를 대는 순간
마침내 사과는 나무를 버린다
나무의 기억을 지운다
자꾸만 지하철 역사로 몰리는 걸음과 걸음들이
지하철에서 솟아오르는 죽음들이
좁은 골목으로 밀려들 때
나무는 사과를 붙들고 있었을까
시간은 죽음을 붙들지 못하고

삶은 자꾸만 시간을 밀어내고 우리가
할 수 있는 일이라곤 어제에게 흰 국화 한 송이 건네는 일
날카로운 시간이 사과의 꼭지에 닿는 순간
기억은 또 다른 기억으로 건너간다
사흘에 사흘을 더하고 다시 사흘에 석 달을 더해도
마르지 않는 수액
나무는 떨어진 사과를 잊지 못하고
발밑에 썩어 가는 죽음을 버리지 못하고
발그레 흔들리던 기억이 시커멓게 굴러다니던
그 골목의 수많은 통증들
꼭지를 놓지 못하는 무수한 나뭇가지의

톡—

오렌지 마멀레이드

물감이 마르기 전에 돌아온다고 했어
긴 골목은 축축하고 가로등은 꺼져 있었어
드레스 한 장만 사고 돌아온다는 그녀는 돌아오지 않았어
나이프로 사람을 죽여 봤어요?
살인과 무관한 나이프는 아름다운 도구
나이프도 라이프를 가질 수 있나요?
물감을 덧바르면 맛이 달라질 거예요
어떤 색을 골라 주실래요?
물감이 마르기 전에 나이프를 씻어 둬야지
바람이 드는 창가에 앉아 새처럼 울어 봐 지저귀어 보라구
날아가는 새의 발톱에 밑줄을 그어 줘
빨강 루주로 진하게, 그리고 새처럼 울어 줘
물감을 짜기 전에 뭘 그릴지를 먼저 결정하라고
도대체 그림은 언제 그리는 거야?
창가에 앉아 보라니까 지저귀라니까
새 울음소리를 그릴 거야
새는 무슨 색으로 울지?
네가 떠난 지 십 년이 지나도록 물감이 마르지를 않아
이십 년이나 지나도 새가 울지 않아
창문을 닫아 바람이 들어오잖아

70

그림을 그릴 거야 오렌지색으로
거짓말하지 마 새는 돌아오지 않을 거야
오렌지꽃은 오렌지색이 아니야

나의 뿌까욜라

어느 날 빨간 우편함에 속삭이듯 다가온 넌 어디서 왔니?
뿌까욜라 알 수 없는 소리만 반복하는 바다 건너 구름에 숨
어서 등이 가렵니? 모래밭 조개껍데기 파편에 찔린 발바닥
이 따갑니? 뿌까욜라 넌 어디서 왔니? 빨간 우편함에서 파
도 소리 들리는데 조개는 어디로 간 거니? 우편함 뒤에 낯
선 섬 하나 뚜벅이며 걸어오는데 뿌까욜라 넌 언제 온 거
니? 언제 도착한 거니? 칠흑 같은 바닷빛에 눈을 베이고 역
광의 각도처럼 산란하는 그리움 뿌까욜라 언제면 돌아갈
거니? 검은 침대가 하늘을 날으는 보름 하늘에 무엇을 찾으
러 온 거니? 아이스아메리카노에 시럽을 넣어 줄까? 얼음을
넣어 줄까? 어둠 속에서도 반짝이는 빨간 우편함에서 뿌까
욜라 매운탕 맛이 시원하네 조갯살이 질깃 넌 어느 바닷가
에서 온 거니?

안개 속이었다

밤새 바람이 울었다 어제 다녀간 택배 기사를 따라간 것일지도 몰랐다 한라산을 넘을 때 짙은 안개를 가르느라 자동차는 깊은 호흡을 하곤 했다 운전하는 내 뒷자리에 당신은 처음부터 투명하게 앉아 있었다 막차를 놓친 표정으로 도로표지판처럼 차창으로 스미는 짙은 안개로 표정을 가리는 당신 어둠은 도로도 신록이 짙은 나무도 안개마저도 압정을 눌러놓은 듯 한편으론 저녁으로 먹은 해물탕에 올려진 꿈틀거리는 날전복 같았다 안개가 전복의 속살인 듯 꿈틀거렸다 뜨거움을 견디려 저희끼리 살을 맞대고 입술을 맞대고 내 말인지 당신 말인지 모르는 비명을 지르고 있었다 급커브를 돌 때 상향등을 켜고 마주 달려드는 자동차를 피하면서 문득 발밑에서 물이 끓기 시작하는 것이 느껴졌다 발부터 서서히 내가 익기 시작하는 걸까 안개 속이었다 당신과 나의

반송되지 않은 편지

一　　핀 순서대로 지게 하라고
　　피기도 전에 지는 건 무슨 심술인지
　　피기 전에 왜
　　집배원의 오토바이를 기다리다 바래는 가슴에 바람이 분다

　　우표를 붙이지 않은 바람이 우편함에 든 날이 많다
　　저 바람에 우표를 붙일 수는 없을까
　　왜 핀 순서대로 지지 않느냐고
　　신(卌)이란 신의 멱살을 쥐고 흔들기
　　신이란 것이 있기나 했는지

　　신이 살았건 죽었건 상관없이
　　슬픔보다 먼저 육두문자가 튀어나오는
　　순리를 어긴 세상 이치를 향해 띄우는 편지를
　　반송함에 둬도 집배원은 거둬 가지 않았다

　　바람에 실려 온 봄에선 쇳내음이 난다
　　며칠인지 언제부턴지
　　먼저 피면 먼저 지리라
一　　그 흔한 거짓말

먼저 피면 먼저 지게 하라고

다시 앙칼진 바람이 배송되고 도착 메시지가 수신되었다
날카로운
꽃샘도 아닌 삼복에
그렇게 되풀이되는 계절이 도돌이표처럼 맴돈다

바람이 우편함에서 누렇게 바래도 집배원은 오지 않았다

키오스크에 주문을 걸다

원하는 날씨를 선택하세요

출입문의 푸쉬 버튼을 누르면 네 모습이 보이길 원했어

날씨야 아무렴 어때요

뭘 마실 거예요 키오스크가 묻는다

어떤 날씨를 드릴까요?

오늘 사랑하신다면 강렬한 소나기를 추천할게요

아아 이별을 하신다구요 그렇다면 쨍쨍한 햇살을 추천드려요

기다리는 이가 안 올 것 같다구요? 그럼

미모사 잎끝에 살랑이는 바람을 주문하세요

음료는 어떤 것으로 준비해 드릴까요?

여름 소나기 베이스에 짙은 먹구름을 얹은 먹구름 프라프치노는 어떤가요?

어제 이별한 여인의 진한 눈물을 모은 실연 에스프레소는요?

하지 처서를 지나 풀벌레 소리를 들으면서 맺힌 풀 이슬 원액은 어떻구요?

혹시 디저트도 필요하신가요?

갓 뜯어 온 여름 소나기 토핑을 얹은 또띠아피자는 어떠신가요?

기다림은 무더위 같은 거죠

손부채질을 해 대도 가라앉지 않는 열기에 자꾸만 삐질
거리는 땀을 참아야만 하는

그래도 어쩌겠어요 그 뒤로 가을 같은 그녀가

문으로 들어선다면 참았던 개울물처럼 그리움이 흐르겠
지요

기다리실 건가요? 그녀가 온 다음에 주문하실래요?

큰 길이 보이는 창가에 앉아 퐁퐁퐁 걸어오는 그녀를

기다리시면 어때요?

백설공주의 키링을 달랑거리며 저 멀리서 가을이 오는
것 같은데요

열차가 달린다

—

　열차가 달린다 어린 기억 속의 열차가 별바다를 건너간
다 그대는 추억 속의 여인 안녕 나의 유년 시절이여 열차
가 달린다 영원과 순간의 욕망 속에서 그대는 내 손을 잡
아채고 열차가 달린다 빛 한 올 들지 않는 어둠의 바다를
건너와 내게 입맞춤하는 추억이여 열차는 서야 할 역을 지
나치고 C6248호가 꿈의 레일을 밟고 온다 은하철도는 다
시 오지 않아 그녀도 그 열차를 타지 않아 수없는 절망의
바다를 건너서 기적은 울리지 않아 그래도 열차는 달린다
위조 티켓을 들고 간이역에서 오지 않는 유년의 열차를 기
다린다 어둠 속에서 희미한 실루엣만 보여 주던 여인이여
별바다에서 깊은 물질을 하던 여인이여 그러면 안녕

—

제4부

어머니에서 어머니에게로

오늘 밤은 어머니를 자신에게로 보내고 어머니의 잠든 모습을 가만히 내려본다 신이 있다면; 신의 존재를 믿어본 적이 있기나 하니? 어머니의 잠을 신에게 부탁하고; 어머니는 베개에 머리만 대면 깊은 잠에 빠지신다 어머니의 방문 앞에 어느 신이 찾아와 문을 두드리고 있을까; 제주에는 일만 팔천 신이 있으니 어머니 골라 보세요 오늘은 어떤 신을 불러 드릴까요; 사십 대에 과부가 되신 후에 어둠보다 캄캄한 시간을 살아오신 어머니; 신들도 모두 잠든 오늘 밤은 제가 어머니의 방문 앞에 있습니다

얼리버드

어제 날려 보낸 새가 문 앞에 와 있어
애초에 나는 새의 영혼으로 태어났나 봐
새벽이면 알람 시계 대신 울어
아직 아무도 깨지 않은 무명의 시간
가을 장미 끝에 앉은 이슬을 흔들어
초속 18㎧로 머리 위를 불고 가는 바람
마당 귀퉁이 연못 속 붕어들의 아가미로 스며
첫차를 타고 출근할 사람들의 코끝으로 들어가
마지막엔 내 영혼의 옆구리를 툭 툭 걷어차는 거야
아직 날개는 파닥이질 않았어
오늘 아침도 돋아날 기미는 보이질 않는
날개 승모근 능형근 전거근 견갑거근을 깨우고
기다려도 오지 않는 내일에 돋아날 거야 자랄 거야
믿음은 의심이 되고 기다림은 절망이 되는데
날개를 펴기 전에 우는 것부터 배웠어
되도록 금속성의 소리를 배우려고 애썼어
둔탁한 소리보다 앙칼지게 우는 것이 좋았어
뾰족한 부리로 영혼을 쪼아 어둠을 깨우는 것이 좋았어
깨어나서 부리로 툭 툭 현관문을 두드리면
어제가 보낸 택배가 도착해 있어

남들보다 먼저 시작하는 얼리버드
그렇게 울고 싶었어
날개는 나중으로 미루고 가장 사납게 울고 싶었어

하쿠나 마타타

―

　가는 가지에 구름 가득 담은 멀구슬나무 그냥 그대에게
그때 나는 나도 꽃잎 핀 나무 낭구라거나 낭귀라거나 내가
너무 큰 소리로 노래 부른 걸까 다금바리 퍼덕이는 어시장
에서 다리를 절며 다음에 올 버스를 기다리노라면 달빛 아
래 담배 한 대 물고 도두리 어디쯤에서 들어 본 혹은 들었
을 아니면 듣게 될 해조음 따라 그대 때문에 바닷가 마을
은 출렁이고 마음에 쟁여 둔 할머니 말씀을 따라 뜨락으
로 뚝뚝 떨어지는 리듬 바다가 보이는 언덕에서 바람에 실
려 온 바리데기의 슬픈 백 개의 단어를 뱉어도 보격(補格)을
만들지 못하는 사람들 사랑은 사물들 사이로 생각이 오가
는 것 서울 쪽에서 들려오는 소리로 시집 한 권을 다 채워
도 이게 아니라며 울부짖는 어느 시인은 어둠을 어슬렁거
리는 언어는 없다고 일찍 떠나 버린 아버지에게는 없는 이
야기를 새롭게 쓰며 오늘은 잊고 있던 유채꽃이나 미워하
며 한숨 섞어 토해 내고 있다 서쪽 하늘로 제주의 해가 지
고 지금처럼 팔랑팔랑 떨어지는 벚꽃잎 하나 노래하던 하
얀 하지 근처에서 다시 노래한다 헤이 그대

―

*하쿠나 마타타(Hakuna matata): '문제없다'는 뜻의 스와힐리어.

아무 데나 갈까

붉은색 스카프를 해 볼래 어디로 갈까 보라색 노을이라고 하면 네가 떠올라 텅 빈 눈으로 서쪽 하늘을 바라보던 네 입가에 물들던 노을 제발 아무 데나라고 말하지 마 비가 오려나 예쁜 노을 다음 날은 비가 온다고 일정한 방향으로 그러데이션을 그려 대는 네 억양에서 노을은 아주 잠깐만 빛나기로 해 수평선에 걸린 해가 넘어가는 걸 보았니 잠깐 한눈파는 사이에 잠겨 버리는 태양의 뒤편에 빛살을 쏴 대는 네 눈빛 그렇다고 치자 노을은 시도 때도 없이 네 눈에 물들고 서쪽이라고 우기는 노을에 한 발만 물러나 있기로 하자 노을에 물드는 바닷가의 보라색에 끌려 파도는 자꾸만 비틀거리는데

쫀드기를 뜯는 밤

여름이 결대로 찢어진다
더울수록 내 유년은 흐느적거린다
어둠을 한 올씩 뽑아 가지런히 눕히고
설탕 시럽을 뿌리고 굳을 때까지 방치하세요
쫀드기가 되기 위해서는 기다림이 필요한 법이에요
십 대 이후 해마다 색색의 추억들을 뽑아
어둠의 사이사이에 꽂아 두세요
쫄깃한 식감을 위해서는 통증이 필요해요
통증에 시럽을 더하고 추억과 어둠을 착즙하면
새벽이 올 거예요
내일 저녁을 위해 오늘은 쫀드기를 찢지 않기로 한다
아직은 쫀드기를 뜯지 마세요
비가 내릴지도 몰라요
창문을 타고 내리는 빗물에 젖지 않도록 주의하세요
어쩌지요 비가 내리지 않으면 쫀드기는
여전히 쫀득거릴 텐데요
뉴스는 틀지 마세요 흐물거릴 수 있으니까
씹을수록 단맛이 도는 어둠을 천천히 씹으면 아침이 올
거예요
쫀드기 결과 결 사이에 숨어 있다가 빛으로 오는 사람

비가 내리는지 모를 창밖이 아직 쫀득하다

시집 사용 설명서

　　이 시집의 내용은 전적으로 시인의 개인적인 입장이므로 기분이 상하신다 해도 전혀 위로해 드릴 의사가 없습니다 다만 시집을 어떻게 사용할지는 소유자의 의사에 달려 있 습니다 상황에 따른 사용법은 아래를 참고하시기 바라며 그 밖의 다양한 활용에 대해 열린 토론이 가능함을 알려 드립니다

1. 운전 중 측면으로 햇살이 강하게 비치면 유리창을 살짝 내리고 서너 편의 시를 창밖으로 내밀어 가리개로 쓴다.
2. 야영장에서 불쏘시개가 없을 때는 한 장씩 뜯어서 쓴다. 낱장을 빨대처럼 말아 촛불처럼 천천히 타들어 가게 하면 조명을 대신할 수 있다.
3. 어느 틈으로 들어왔는지를 따지지 말고 앵앵거리는 놈이 있다면 조심스레 다가가 타격한다. 이때 벽이나 다른 책에 핏물이 묻을 수 있으니 주의한다.
4. 쓰레받기 대용으로 표지의 날개를 펼친 후 먼지를 쓸어 담을 수 있다. 이때 종이의 탄력으로 먼지가 쏟아질 수 있으니 조심한다.
5. 냄비 받침으로 활용할 수 있다. 다만 코팅된 표지 비

닐이 냄비에 눌어붙을 수 있으니 표지를 뜯어내고 사
용하기를 권한다.

6. 책장이 삐걱거릴 때 시집을 접지 않은 채 한 권씩 받
   쳐 수평을 맞춘다. 단 반듯한 시집이란 없으므로 큰
   효과를 기대하지는 말 것.

밤을 오독하다

검은 실루엣 긴 생머리 그녀가
떠날 거라고 오늘 밤 검정 장미 한 송이 떨어지는 거라고
그 숲에서 길을 잃은 적이 있다
길은 점점 희미해 돌아갈 길이 보이지 않는다
슬라이스로 썰어 대는 바람꽃 안에서 들리는
스산한 바람 소리
들숨과 날숨으로 벼린 오래된 문장을 만난다
별도 안 뜬 새벽하늘에 피어나는 바람꽃
미명을 뚫고 붉은 티셔츠의 그가 짤막한 메모를 남긴다
깊은 숨소리로
그 숲에서 길을 잃은 적이 있다
다시 세필로 길을 그린다
빵부스러기가 사라진 곳에서
세필로 그려 넣은 길 끝 변산바람꽃 핀다
소문은 소리 없는 바람 속에서 자라고
Voyez Près des étangs Ces grands roseaux mouillés
프랑스어가 그녀의 부재를 알리는 가을 새벽
턱수염 사내는 말이 없고
파란 유리창을 배경으로
소문이 뿌리에 닿으면 너는 꽃으로 필 것이다

바람이 예리하다

*Voyez Près des étangs Ces grands roseaux mouillés: 샤를 트레네
(Charles Trenet)의 샹송 「라 메르(La mer)」의 가사 중, "보세요. 물가
옆 물기 머금은 갈대들을."

네 시에는 내가 없어

一

　네 시에는 내가 없어 이 말을 듣는 순간 뉘엿뉘엿 서산으로 넘어가는 하오 네 시를 생각했습니다 만나기로 해 놓고 시간을 지키지 않는 네 시가 있습니다 네가 온다기에 네 시보다 앞서 왔고 한참 지났는데도 네 시가 되지를 않습니다 내가 없는 네 시의 시외버스 터미널이었던 것 같습니다만 네가 네 시에 오기로 한 것인지 네 시가 오기로 한 것인지 정확하지는 않습니다 네 시에는 없는 자판기에서 커피 한 잔을 뽑아 들고 대합실 시계를 보는데도 아직 오지 않았습니다 초침 분침은 부지런히 맴을 도는데 네 시는 아직 오지 않았습니다 네 시에게 전화를 겁니다만 전화도 받지 않습니다 대합실 밖은 이미 어둠인데 아직 무엇도 도착하지 않았습니다

一

패(牌)

장례식장 모퉁이에서
우산을 받치고 너를 기다린다
오늘은 싹쓸이를 할 수 있으려나
떨이로 늘어놓아도 한 번도 매진되지 않는 어제의 노을
바닥에 깔린 패들은 많고 많은데
비광(光)처럼 서서 맞출 패를 쥐지 못하는 건 운명인 거지
비는 내리고 바짓가랑이는 젖어 들고
다시 축축한 바닥을 칠 수밖에 없는 빈 패의 슬픔
맨땅에 헤딩이라도 해야 하는 걸까
아무리 기다려도 너는 보이지 않고
비는 내리고
장례식장 앞을 자전거 두 대가 지나간다
조화가 바람에 날려 떨어진 건 그 순간
굳이 피지 않아도 좋을 죽음이 피어나고 있다

당신을 메롱합니다

—

　여름과 가을 사이에 투명한 벽이 서 있습니다 그사이에 분홍 배롱나무꽃 피어납니다 배롱이라고 쓰고 나니 메롱이라는 말이 그 옆에 피어납니다 그래서 오늘 나는 메롱하기로 합니다 아침에 일어나자마자 난 당신을 메롱했습니다 배롱나무는 수피가 없어 뼈처럼 보이는 까닭에 무덤 앞에 심는 풍습이 있습니다 죽은 이를 위해 무덤을 장식하는 일을 메롱이라 부릅니다

　오늘 아침 나는 메롱합니다 당신과 그렇게 오래도록 나눈 일을 잊을 수 없습니다

—

할!

가을이 깊은 살의로 여름을 건넌다
분식 가게 앞 길고양이가 떨어진 음식을 주워 먹듯
초록의 기운을 빼며 기원전 꽂아 두었던 녹슨 칼을 뽑아
여름 잔해를 썰고 있다
"가을 물만 같아라." 어디선가
이끼 낀 음성이 하울링으로 들려온다
마당 연못의 붕어는 아직도 여름에 있을까
미친 거 아냐? 누가 누구에게 하는 말인지도 모르는 채
다시 습습한 목소리
어이가 없네?
십구만 팔천이백십팔 년 동안 너를 읽었어
난독증에 걸린 것처럼 띄엄띄엄 너의 페이지를 넘기면서
갈피마다 추억을 한 장씩 꽂아 놓지
맨 먼저 문자를 만든 게 누구였는지
온기가 말라 버린 낙엽처럼
갈바람에 떨어져 뒹구는 글자들

승철이 성, 셔?

몇 번을 읊조려도 입안에 돌고 도는
계십니까 계시냐고 집 안에 계시냐고
부른다 당신의 이름 아직 거기 계시냐고

당신 가시는 이렇게 좋은 봄날
울 마당에 섬초롱 하얀 불 줄줄이 켜고
울타리 힘겹게 오른 백화등이 미친 듯이 향을 사르는데
오름 오름마다 메아리로 울리는 말
셔?

당신이 밟았던 꽃들이 꽃말들이 찬란히 피어난 봄날
꽃향기를 물고 날아오르는 장끼 울음소리
꿩꿩 장 서방은
오늘 꿩꿩 오 서방을 부르게 하시는가

승철이 성 그디 셔?
너털웃음 웃으며 머체왓길 걸어 이승악오름 돌아드는
당신의 뒷모습 화인으로 남은 가슴
터무니 있게도 당신은 그 자리에 그 모습으로
휘적휘적 발자국을 찍으시는데

보목리 자리는 두고
위미리 동백은 두고
출렁 넘실 서귀포 바다는 어찌 두고
한라산 자락에 내린 뿌리 실뿌리 같은 인연들은 어찌 두고
허공으로 불러 보는 이름 승철이 성

아니 한 번도 성이라고 불러 보지 못한 그 이름
오늘은 이렇게 부릅니다

승철이 성, 셔?

미필적 오타

一

달이 참 밝네, 라고 문자를 보냈는데
답장이 왔다, 다이아 선물이라도 받았어?
무슨 다이아야? 라고 보내고 보니
돌이 참 밝네, 라고 보냈네

밝을 수 있다고 돌이 진화한다고 그런다고 세상이 거꾸로 돌기야 하겠나 하늘에 밝고 환하게 떠서 세상을 비추는 돌이 마음 환히 비춰 준다면 아무렴 어때 수석(壽石) 하는 어떤 어른은 아침 일어나자마자 애석(愛石)에게 첫인사를 한대지 그러면 돌은 밤새 있었던 세상일을 속삭여 준다고 그런다고 세상 뒤집히는 거 아니니 둥둥 떠다니다가 그믐밤 어디쯤에서 까맣게 빛나 주면 안 될까 구멍 숭숭 뚫린 현무암처럼 속상한 마음에 달빛 하나 떨궈 주면 안 될까 깊이 든 잠 속에서 문득 돌 하나 캐서 쓱쓱 문지르면 잠이 환해져서 불면을 걷고 걷다가 지쳐 돌에게 말을 걸면 뭐 어때 달이 뜨든 돌이 뜨든 뭐 어때 물에 잠긴 돌이거나 달이거나 흐트러진 내 불면의 수면이거나

그러고 보니 굳이 돌이 밝지 말아야 할 이유가 없지
무거운 돌이라고 하늘에 뜨지 말란 법도 없지

시커멓게 구멍 숭숭 뚫린 현무암이
하늘에 둥둥 떠서 까만빛을 내 준다면
그 어둠은 그믐 다음다음 날쯤 아닐까

불면의 반가사유

구분이 되지 않는 짐과 잠 사이에서 무슨 생각을 했는지 그리움에 묶어 놓은 이름 낡은 시간에 묻어 남루한 행복에 업혀 가는 말줄임표가 있다 다시 밤이다 달빛에 꽃가루를 뿌리며 노오랗게 저물어 가는 꽃 한 송이 말줄임표에 숨어든 분노와 저항과 증오 무거워진 다리에 짐이 된다 별에 묻어 있는 그리움 분노와 저항과 증오에 딸린 비열한 달빛 어느 다리를 꼬고 있었는지 잠이 든 것인지 의자를 지고 있었는지 짐과 잠 사이에서 얹은 다리를 까딱거리고 있다 오래된 이름에 묻어가는 시간 의자에 앉은 채 잠이 들었다 짐을 지고 자는 것인지 잠을 자며 지는 중인지 짐과 잠 사이에 짙은 어둠이 내린다 다시 잠이 짐이 되는 밤이다 어느 것도 내려놓을 수 없는 밤의 복판을 어느 다리로 건넜는지 기억이 나지 않는다 짐을 지고 잠으로 들어가는 일이 겁보다 무거워진다

삶을 읽다

   살아 있는 것들을 읽네 죽어라 죽어라고 생명은 왜 그리
질긴 건지 인연은 또 왜 그리 단단한 건지 부러지지도 않
고 끊어지지도 않고 죽지도 않는 죽을 수도 없는 초록이
오늘 밤도 광합성을 하네 뿌리를 내리네 저 푸르게 목숨이
붙은 것들은 어찌할 거나 미친 거 아니냐고 물어도 히부죽
이 웃기만 하는 초록들 어찌할 거나 저 목숨들을 베란다에
서 불면을 훔쳐보는 저 푸른

하얀 시

만년설 뒤집어쓴 만년필에 겨울 색 잉크를 넣습니다
겨울은 흰 발자국을 남긴 채 저쪽이 되고
눈사람에 꽂혔던 솔방울 두 알이 하늘을 쳐다보고 있습니다
눈사람 대신 꽃을 피울 겁니다
겨울 색 꽃이 종이 위를 뚜벅뚜벅 걸어갑니다
어쩌면 겨울은 마당에 있던 게 아니었나 봅니다
만년필에서 슬금슬금 번지는 겨울로 그대 가슴에 가닿겠
습니다
시가 녹기 전에, 어떨까요 당신이 와 주면 좋겠습니다
흔적 없이 사라져 버린 시 한 줄 붙잡고 잠자리에 듭니다
전원 꺼진 침대에서 겨울을 끌어안고 잠들어야겠습니다
꿈속엔 눈이 내리지 않았으면 좋겠어요
종이 위에 눈사람을 굴리는 유년으로 겨울은 충분합니다
어떨까요 잉크가 마르기 전에 꽃이 피어 주면 좋겠습니다
눈사람이 버린 솔잎 눈썹과 나뭇가지가 허공을 허우적거
리는 밤입니다
허공에 만년필을 그으면 하얀 무지개가 뜹니다
그것이면 족합니다
하얀색 무지개가 종이에서 녹지 않으면 그것으로 족합니다
어떨까요 내 시가 얼룩지지 않으면 좋겠습니다

어머니와 식물, 시를 만나는 자세

임재정(시인)

1.

모든 삶은 처음부터 끝을 향하죠. 어떻게 살든 맨 처음이니 연습이 없습니다. 무엇을 겪은들 익숙할까요. 그저 자란다는 말이 함의하는 관성의 힘으로, 지퍼의 양쪽을 당겨 맞물리듯 달려가 보는 거죠. '자란다'와 '늙는다'가 어떻게 다른지를 다투지만, 결국 태어난 곳에서 점점 멀어지는 셈이랄까요.

그런데 놀랍습니다. 공동의 선을 정하고 거기에 가까워지려 애쓰는 우리를 발견하죠. 함께 살아야 하니까요. 매일매일을 반복하다 보면 옳고 그름의 경계가 모호하다는 것도 알게 됩니다. 돌아보면 어제의 확고했던 처신들이 보잘것없는 선택이었음을 깨닫기도 하면서요. 가끔 달리던 속도를 늦추며 성찰적 시간들을 갖습니다. 후회의 감정이 대부분일지라도요. 턱을 괴고 기억이라는 몹시 수상한 시공간 속에 저장된 경험들을 헤아려 보죠. 퀴퀴한 지난날의 구석을 더듬는 것 같아도 배울 게 많습니다. 손아귀를 빠져나간 고무호스처럼 이리저리 날뛰던 순간까지도 삭혀 낼 수 있다면 내일의 지침으로 부족함이 없습니다.

문장 몇을 빌미로 그런 오늘을 견디는 이들을 시인이라 불러 봅니다. 삐딱한 생각이 문제라는 관점은 해롭습니다. 시는 그런 생각들에 몸을 얹는 일이니까. 부정할 경우 그토록 신봉하던 우리들의 시가 위태로워질지도 모르니까요. 어느덧 생각이 뭉툭해지는 나이를 살고 있습니다. 방금 세운 기준인데 저만치서 보면 기우뚱해 보이죠. 무엇 때문에 우린 등 뒤나 끄덕이는 지경에 이르렀을까요. 빛나던 모서리는 어쩌다가 불편해졌을까요. 커다란 접시처럼 우린 왜 무엇이든 담아낼 것 같을까요.

시는 그럴 때 찾아듭니다. 우리에게서 비롯되었는데 우리와는 다르게 서슬이 파랗고 날이 서 있죠. 숱한 질문들을 던지며 해답을 갈구하고요. 멱살을 잡고 성찰을 요구하며, 사회적 가치 바깥을 넘보라고 요구합니다. 불과 몇 그램이었을지도 모를 한 생애의 폐활량이나 무지개의 성분 따위가 탐스러워지는 까닭이죠. 동백꽃의 미래가 삼등분된 씨방 속에서 익어 가는 이유와 매번 부피가 달라지는 밤의 질량, 혹은 그 비슷한 것들을 캐묻다가 마침내 질문 자체가 되기도 합니다.

2.

종태 형, 늘 궁금했어. 우린 같으면서 조금씩 다른 가설을 신봉하는 사람들이잖아. 끊임없이 세계를 의심하는 시인으로 내일이 불명확한 현재진행형들이기도 하지. 의심하는 가운데 흔들리는 저마다의 세계를 견딘다는 것은 어떤 의미일까. 특히나 그곳이 제주라서 갖는 특유의 조건들, 검은 바위와 흰 파도, 오래도록 유배지였으며 현대사의 비극을 품은 곳, 견디는 이들에겐 비좁지만 그럼에도 한 세계일 수밖에 없는 제주라는 섬 말이야. 가끔 내가 인식하는 제주의 외형에 형이 품어 봄 직한 실체적 한계들을 대입해 보면서 형이 마주하게 될 곤경을 생각해. 외딴섬이라는 자각. 그래서 그토록 제주의 골짜기마다 신화가 부풀어 올랐을까. 내게서 질문은 늘 존재론적 탐색으로 귀착되던데, 형도 마찬가지였을까. 이를테면, 이상한 경계를 만나 한참을 머뭇거렸을 형의 어느 날을 더듬어 보는 식으로 나의 궁금증은 부풀어 오르지. 이 문장은 아마도 내가 형의 시를 들여다보는 방식이 될 거야.

지구 반 바퀴를 돌아오던 날

비행기 트랩을 내리는데 자세가 따라오지를 않는다

꾸부정하게 앉아 있던 자세는 45B 좌석에 그대로

내 형상으로 남아 있다

__어서 내리세요

텅 빈 비행기 안에는 아직도 자세들이 가득하다

__비행운이 비행기 꼬리에 매달려 있어요

__허리 아프실 텐데 이제 그만 허리 좀 펴세요

지상에서 1만 미터가 넘는 허공을 지나오던 날

저 자세를 가지고 내려야 하는데

구겨진 자세가 펴지지 않는다

땀에 쩐 저 자세를 세탁하고 다림질도 좀 해야 하는데

나만 내리고 자세가 내리지를 않는다

　　　　　　　　　　　　　　　　─「자세를 기다리다」 부분

　오래 밖에서 비롯된 무언가를 견디는 일은 일종의 자발적 종속을 감당해야 하는 일인가 봐. 여기를 견디자면 그 일부가 되거나 최소한 닮아 보려 노력하는 것처럼. 그럴 때의 여기는 수시로 다른 장소로 몸을 바꾸고, 우린 또 달라진 상황에 녹아들기 위해 속을 태우지. 그런 의미에서 여행은 삶의 축소판에 가까워. 몸과 행위를 여행지에 일치시키고 이방인이라는 자각을 누그러뜨려 몸에 밀착시켜야 하거든. 그런 순간의 조금 어색한 나를 나라고 부르며 부득부득 달라지는 여기를 살고 말이야. 그런 일들은 늘 긴 꼬리를 가진 별스러운 나를 호명하기 일쑤지만, 그래서 '나'라는 "자세가 따라오지" 못하는 불편이 함께하지. 「자세를 기다리다」에서 오래 어딘가에 "앉아" 견딘다는 것을 의심하는 형을 만나고 있어. 이 의심엔 제주에서의 60년, 교정에서의 30년을 되묻는 형의 목소리가 들린다는 사실은 이미 알고 있을 거야. "45B 좌석"에서 채 따라 내리지 못했을 "자세"는 틀림없이 형을 대표하며 여기를 견디는, 이미 아는 형의 얼굴이 아닐까 해.

재미있게도, 시를 쓰는 우리는 미지를 향한 기울기를 갖고 불분명한 거기로 쏟아지려는 경향들이지. 냉큼 형을 따라 내리지 못하던 "자세"는 결국 형의 기울기를 드러내는 각도에 가까우며, 심정적으로나 직업임이 분명할 시 쓰기로 이어지는 것 같거든. 그래서 "언제까지 신작일까"를 되짚는 질문에는, 시의 어디쯤에서 반복될지도 모를 태만을 두려워하는 성찰과 "죽었다가 살아나" 끊임없이 신생의 자세를 꺼내 오는 것이 시 쓰기라는 고백도 담겨 있다고 읽어야 마땅하겠지(「죽음을 읽다」). 그 어디쯤에서 형이 신생의 자세를 대리할 의자를 넘어선 존재를 찾아내고 거기에 자신을 투사하는 것도 훔쳐보게 돼. 일종의 표상처럼, 어긋난 삶이나 쓸데없이 무성해지는 시를 보완하기 적당할 만큼의 제어력을 동반하는 존재 말이야. 주기적으로 푸르러지고 무한한 생명력으로 우듬지를 밀어내는 것, 바로 식물들이지.

연례행사처럼 매해 우린 함께 걷는 날들이 있지. 저마다의 자세를 시로 꾸려 내는 어깨들 여럿이 우르르, 공원이나 들길을 산책해. 나뭇가지를 날아다니는 박새처럼, 그런 날의 우린 가볍고 형은 한시도 지저귐을 멈추는 법이 없지. 숱한 나무며 풀들을 가리키며, 문·강·목·과를 나누거나 생태적 특징, 생김생김을 무성히도 들춰내지. (고백하자면 가끔 지겨울 때도 있어.) 멋쩍으니까 시 얘긴 빼고, 빤히 아는 얼굴들이니 근황도 제쳐 두고, 계면쩍음에 커다란 식물원 하나를 들어앉히는 셈이지. 그럴 때면 언제나 신명이 오른 형의 자세가 가장 앞서서 걷지.

시에 등장하는 식물의 생태는 형이 시에 포괄하려는 삶의 단면들을 상징하거나, 형의 자세를 대리하며 비유적 역할을 수행하는 인물을 겸하는 것처럼 보이기도 해.

우리가 무수한 꽃을 지상으로 뱉어 낼 수 있다면 뱉은 말들이 지지 않는 향기를 뿜어내는 꽃밭일 수 있다면 마치 꽃을 피워 내는 봄의 실바람처럼 꽃밥을 비비듯 그렇게 그런 말들을 뱉어 낼 수 있다면 (중략) 내 귀를 붉히는 뒤집힌 치마처럼 부끄러운 말들이 겨울바람을 타고 뚝뚝 떨어지는 마치인 듯 그랬으면 몹쓸 바람에 뒤집혀 일찍 핀 봄꽃들의 행진처럼

—「마치와 처럼」 부분

우리가 무수한 말/시를 뱉어 내는 행위를 통해 꽃밭을 꾸릴 수 있기를 바라는 형은 "마치"와 "처럼"을 통해 구체화되지. 봄을 빌미로 무성한 꽃밭을 불러낸 뒤 그것이 표현하려는 대상의 형상에 부합하길 바라는 봉긋한 마음이라니. 꽃에 함께하는 향기를 화자가 품어야 할 미덕쯤으로 돌려놓는 일이 시에서 낯선 일은 아니지만, 형의 경우엔 더욱 빈번하지. 형의 시를 지탱하는 중심 정서이자 특질이기도 해. 여북하면 나무 "안에서 흐르는 물소리"를 듣겠는지. 이 눈부신 상상력은 아예 나무를 연인 삼다가 끝내 함께 몸을 부딪는 삶에 가깝고, 그래서 넌지시 "이리 와서 차 한잔 마셔" 하고 에두르는 일도 생겨날 것.(「그녀가 나무에 사물을 담고 있다」)

풍문에 따르면 형의 창고엔 낫이나 톱, 전지가위나 그 비슷한 것들로 북새통이라던데, 울안에 꽃나무 가득한 커다란 온실이 있다고도 하고, 그 바깥엔 정원이, 눈을 들면 한라의 중산간이 '예까지 다 저 양반 정원이라오' 할 만큼이라던데. 말하자면 형은 식물들을 애인으로 두고 시 자체인 형이나 형쯤인 시가 순서를 가릴 것도, 모종의 계약도 없이 서로를 공유하는 상태랄까. 그러니 형이 꿈꾸는 너머는 식물이 꿈꾸는 장소이자 시가 가닿고자 하는 궁극적 너머이기도. 그런 순간들에서 빠져나와 현실을 맞닥뜨리는 "거울" 속에는 "수십 마리의 말이 눈밭을 가로지르"는 초현실적인 불편과도 조우하는 거지(「나쁜 일이 거울에서」). 자신이 왜 이 세계에 길들여지지 않는지, 외면하고 싶은 날이면 "거울" 보기를 생략하고 외출을 할 테고. 그 낯설고 두려운 자기 확인으로부터 달아나 식물들 속으로 투신하는 걸까. 그런 까닭이겠지. 형을 읽다가 나를 되짚는 이유 말이야. 별수 없이 나도 달아나고 싶은 여기를 참고 견디는 중이니까.

3.

찾아 헤매던 자신과 마주할 때, 우린 왜 그토록 소스라치게 될까. 얼마나 근사한 내면을 꿈꾸고 있기에. 이 이율배반이 결국 시와 마주 앉게 하는 것은 아닌지. 식물의 생태에 인간의 삶을 견주는 일은 또 어떨까. 그조차도 시를 쓰게 하는 근본적 허기를 낳는 원인일까. 걸음이 같은 자리를 맴돌 땐 무엇인가 까닭이 있겠지. 마치 식물들의 순리처럼, 꽃 진 자리가 열매의 일로 이어지거나, 꽃의 과거형이 눈꽃이었다거나 등의 공공연한 비밀을 엿듣게 되는 것처럼 말이지. 끝내는 이런 놀라운 의심도 들어. 혹 식물들의 세계에 뛰어든 형이 그들을 보살피는 게 아니라 "나무와 나무 사이에 투명한 門"을 열고 들어가 '무릉'인 양 살아 버리는 것은 아닐까(「물다와 묻다」). 시냇물에 뜬 형형색색의 무수한 손길을 통해 위로받는 것은 아닐까.

비가 내릴 때의 나무 아래를 생각해 봐 봐. 비가 나뭇가지를 지나며 그 순간의 꽃잎이나 잎의 푸름을 껴입고 애초와는 결이 다른 물방울로 바뀌는 거잖아. 그럴 때면 "가장 부끄러운 부분을 우산처럼 함께 쓰"는 화학적 반응을 동반하기도 하겠지. "옴살"은 아주 작은 기척에 정서적 온기를 더하는 말이니까, "몸에 맞는 옷처럼 좀비비추 꽃대가 바람에 흔들려서/이녁이라고 했다"라 말할 수 있는 게지.(「옴살 이녁」) 비가 "곳곳에 미치는 것은 아니기에" "식물에게 물을 준다"라고 할 때를 주목하면 형이 인식하는 세계가 보여(「물의 손길」). 장담할 수는 없지만 시는 형이 식물에 몸을 기울여 익힐 수 있는 최고의 열매인 셈이지. 그럴 때 식물에 투사된 형이 꽃과 나무를 살아 버리거나, 그 반대의 역설을 포함하는 의미를 상정할 수 있거든.

기다림은 머리 가슴 배로 나뉩니다
그건 곤충의 이야기지요
아니요 가슴 쓰리게 기다려 본 사람만 아는 얘기랍니다

기다림의 처음을 생각합니다

그대가 저쪽에서 걸어오는 포즈를

걸어올 방향에서 불어오는 그대의 바람을

기다립니다 머리에서 시작되는 거예요

다음은 가슴이 뛰기 시작하지요

(중략)

오늘은 무엇을 먹을까요

우린 결정 장애라는 공통점을 지니고 있다 말했던가요

아무 데나 혹은 아무거나라고 말하곤

아무 데도 안 가고 아무거나도 먹지 않았지요

당신의 얼굴을 떠올리면 배가 고파 옵니다

그나저나 우리 어디 갈까요

기다림은 무얼 먹을까요

우리 헤어지기 전에 허기를 채울 수 있기는 할까요

그래요 기다리는 중입니다

—「당신을 떠올리면 배가 고프다」 부분

　시를 만나는 일은 지난한 기다림을 동반할 때가 대부분
이지. 발견과 숙성의 시간을 지나야 하고, 거기에 몸을 싣
는 순간과 통과의례처럼 자기 확인이라는 이상한 의식도
거쳐야 하니까. 형은 이런 일련의 과정들을 "기다림은 머
리 가슴 배로 나"뉜다고 비유적으로 표현하고, 시와 '그대'
를 동일시하며 만남 뒤를 예상하기도 해. 그래서 시가 사
람인지, 사람이 시인지의 경계가 지워지는 일종의 '경지'랄

것에 도달하는 기쁨도 누리지. 물론 이상할 것 없어. 형이 대상을 기다리는 자세니까. 거기엔 걸어들 대상의 '포즈'도 함께하리란 예상도 가능해. 대상이 꺼내 올 것에는 형의 자세와 시의 풍경이 중첩될 테니까 말이야. 그런 의미에서 기다림은 지루할 틈이 없지. 대상이 나타날 지점을 무한히 응시함으로써 「당신을 떠올리면 배가 고프다」처럼 부풀어 오르는 자신을 만날 수 있으니까. 간절하고 극진할 때 "머리"에서 시작되어 "가슴"에 와 닿는 진정성도 동반되지. 이 것이야말로 모든 시인이 가닿고자 하는 시가 꿈꾸는 궁극 이며 요체 아닐까.

시에 이르는 과정이 가진 특별한 놀라움은, 시를 홑겹으로 내버려 두지 않으려는 경향 아래 시인의 인식들이 헤쳐 모인다는 점이지. 기다림-당신-배고픔-식욕이 함의하는 일 련의 속성들은 삶이나 시적 욕망을 통해 당겨 읽을 수 있는 상태로 바뀌게 되거든. 그 결과 욕망을 넘어 고귀한 가치로 환원되는 차원으로 번지는 순간을 포함하지. 수시로 우리 안에 내재된 새로운 몸/이미지를 꺼내 오기를 바라면서 말 이야. 넓게 펼치면 화자와 세계의 모색이고, 좁혀 놓을 경 우 저마다의 가치를 향해 일제히 뒤집어지는 마술을 펼쳐 내지. 그래서 시는 시인 자신이자 삶이며 세계라는 것.

그러나 그 모든 것의 위에 '어머니'가 계시다고, 형은 선 언하네. 한두 번이 아니라 매일매일, 형이 관할하는 공간에 는 언제나 나이 드신 노모의 안위를 맴도는 형이 있다고, 그렇기에 "일간 어머니 정기 구독"의 형태를 띠는 거지(『일

112

간 어머니 정기 구독). 이 기표는 시를 비롯한 형의 전체를 포괄하는 것 같아. "날마다 어머니를 읽는다//아흔 넘은 어머니의 일과가//시를 만든다"는 고백은(『시인의 말』), 어머니로부터 비롯된 거대한 것 중의 일부로서 형이 존재한다는 고백인 셈이지. 어머니의 한량없는 사랑의 크기를 재차 강조하면서 말이야.

오늘 밤은 어머니를 자신에게로 보내고 어머니의 잠든 모습을 가만히 내려본다 신이 있다면; 신의 존재를 믿어 본 적이 있기나 하니? 어머니의 잠을 신에게 부탁하고; 어머니는 베개에 머리만 대면 깊은 잠에 빠지신다 어머니의 방문 앞에 어느 신이 찾아와 문을 두드리고 있을까; 제주에는 일만 팔천 신이 있으니 어머니 골라 보세요 오늘은 어떤 신을 불러 드릴까요; 사십 대에 과부가 되신 후에 어둠보다 캄캄한 시간을 살아오신 어머니; 신들도 모두 잠든 오늘 밤은 제가 어머니의 방문 앞에 있습니다

—「어머니에서 어머니에게로」 전문

잠든 노모를 바라보는 형의 눈길이 젖어 드네. "사십 대에 과부가 되신" 노모를 바라보는 아들의 복잡한 심사 때문이겠지. "오늘 밤은" 늘 자식을 향해 기운 어머니가 "자신에게로" 돌아가 오로지 당신을 위한 시간이기를 바라는 마음, 그렇기에 "제주에는 일만 팔천 신이 있으니 어머니 골라 보세요"라는, 울컥하고도 먹먹한 기원을 내비치게 되

113

지. 인간이 함부로 할 수 없는 신의 영역이지만, 가능하다면 어떤 완력을 써서라도 어머니의 평화를 지키고 싶어 하는 아들의 마음이잖아. 위 시에서 내가 가장 오래 머물렀던 지점은 어머니를 향한 경사가 엿보이는 "신이 있다면"이었어. 이 말은 언제나 그렇듯 모두의 간절함의 총량을 동원한 뒤 비로소 발현되는 극단의 표현이기에, 누구의 아들이었던 나의 개인적 체험까지 빌려 쓰는 힘이 있어.

눈앞에 주름 속으로 걸어드는 노모의 잠이 펼쳐져. 신의 힘을 빌려 형이 비는 노모의 안녕, 그 두터운 간절함을 우리가 엿보지. 어찌한대도 온전히 되갚지 못하는 게 내리사랑이라잖아. 그래서겠지. 텃밭에 나앉아 잡초와 씨름하는 어머니를 주시하는 형의 깊이 모를 번민도 보여. 가령, "내 부름은 텃밭에 뿌리가 깊이 박힌 어머니를 어쩌지 못한다 텃밭에 잡초 이름 하나 더 박힌다"에(「양!」) 얼비치는 형의 시선은 비행기에서 채 따라 내리지 못하던 자세에도 잇닿아 버리지. 아들의 "부름"도 듣지 못할 만큼 잡초와 맞서는 어머니에게 자신도 "잡초"는 아니었을까를 되묻는 일은 모든 자식들이 받는 형벌이기도 해서.

vol. 33580.

오늘은 휴간일, 어머니가 배달되지 않는다. 텃밭의 잡초는 이때다 싶어 깊이 뿌리를 내리고 김연경 선수는 상대 코트를 향해 강력 스파이크를 날린다. 가끔 코리안숏헤어에게 밥을 주기 위해 문을 열기도 하지만 대부분의 시간 어머니의 문은 열리지 않는다.

vol. 33579.

사흘 전 읽은 어머니의 기사가 생각나지 않는다. 헤드라인에 주먹만 하게 새겨진 글씨 한 글자도 떠오르지 않는다. 몇시에 대문이 열렸던가. 축축했던가 뽀송했던가 기억나지 않는다. 어스름 녘에 떴던 속보의 내용도 기억나지 않는다.

vol. 33578.

골목으로 새벽 다섯 시에 배달된 어머니가 읽히지 않는다.

오늘 동백 열매는 저 혼자 벌어져 떨어지고 있을 텐데

밀고 나간 유모차에 실려 온 까만 동백 씨앗이

고루 펴진 채 가을 햇살에 말라 간다.

빨간 기억을 기름지게 쓸어 담은 어머니가

골목 끝에서 끝까지 여러 번 인쇄되고 있다.

vol. 33577.

보일러 버튼은 자꾸만 꺼진다.

자동 설정으로 알아서 꺼지는 게 아닌데

수은주는 영하를 향해 내달리는데

어머니 보일러는 자꾸만 쉬어 간다.

기름 한 방울 안 나오는 나라에 산 지 오래된 어머니가

혼자의 시간 동안 눈물방울을 짜내던 어머니가

날마다 굵은 땀방울 흘리면서 살아온 어머니가

자꾸만 보일러 엔진을 정지시킨다.

어머니 운전기가 자꾸만 불안하다.

　　　　　　　　　　—「일간 어머니 정기 구독」 전문

　여기, 또 다른 사모곡에서는 어머니의 일상이 "일간"으로 펼쳐지지. 어머니를 맴도는 형이 매일매일 발행하는 보고서를 겸하지. 시를 읽으며 "vol. 33580."이 뭘까 궁금했어. 기호 뒤에 각각의 다른 날들을 묘사하는 형식. 숫자를 계산기에 넣고 365일로 나누다가 어머니가 건너온 날들을 계량한 거구나 싶었어. 그러니까, 형의 어머니는 91세를 지나는 중이고, 그 숱한 날들의 어머니를 "구독"한 내용들이지. 따라서 "구독"이란 말은 단순히 어머니를 살피는 외에 그날그날의 안부가 이내 형의 날씨로 바뀌기도 하리란 것. 어머니가 평온한 날의 형은 TV로 스포츠 경기를 보거나, 비운 텃밭을 미루어 당신을 짐작하기도. 또 다른 날

엔 형이 두서없이 바빴던 모양이야. 그 중요한 '정기 어머니 구독'의 내용이 도무지 "기억나지 않는다"는 것을 보면 말이야. 추위에 아랑곳하지 않고 보일러를 꺼 버린 어머니의 동정을 통해 형이 속한 단단한 울타리의 원천을 되짚기도 하지. 자신의 편의를 아껴서 이루어 낸 어머니의 울타리에서 "어머니 윤전기"를 걱정하는 극진함이라니. 날마다 새로이 발행되는 '어머니'를 읽는 아들의 읽기가 시 쓰기의 차원으로 되돌려지는 것을 보게 되네.

4.

그래서 시란 무엇입니까. 빵과 꿈 사이의 일쯤으로 뭉뚱그려도 되나요. 나와 세계를 잇는 교두보로 남아 줄까요. 달과 지구가 꾸미는 우리네 머리 위의 이야깁니까. 고백하자면 나는 오른쪽 신발 굽이 늘 먼저 닳습니다. 누군가의 왼쪽에서 걷는 것을 좋아하죠. 상대에게 바라는 게 있다면 에두르고요. 깊은 밤에 가두고 자책하기를 즐깁니다. 하나같이 친애하는 나의 구석들입니다. 그밖에도 더 많지만 매번 다른 얼굴을 가졌죠. 누구에게나 이 세계와 마주하는 고유한 자세가 있으리란 것을 압니다. 그의 자세, 당신들의 자세는 또 어떨까를 추측하는 일은 시를 풍요롭게 하는 주요 구성 요소가 됩니다. 독자의 체험을 빌려 쓰는 것으로 그를 추측하는 일은 시에서 미적 영역으로 확장되고 시인의 발꿈치가 되어 세계를 들어 올립니다.

시를 만난 죄로 늘 감정에 출렁이던 변종태에게, 이 세계는 딱딱한 껍질로 둘러싸인 쉽게 다가서기 어려운 곳이었을 겁니다. 제주에서 태어나 아이들을 가르치며 오늘에 이르렀고 여전히 제주에 머물죠. 그가 견뎌 온 환경의 단단한 외피들은, 자유를 추동력으로 쓰는 시와 그의 어디선가 불화하기를 반복했을 게 분명합니다. 식물의 세계는 온화합니다. 조화롭고 다층적이며 평화롭죠. 그가 세상과 불화할 때마다 함께하며 일체의 비명을 꽃으로 바꾸거나 파릇한 몸짓으로 되돌려놓는 마술적 공간이었을 겁니다. 피난을 받아 주고 기댈 어깨를 제공하는 한편, 천지창조에 버금갈 변화무쌍함으로 위로와 치유를 제공하기도 하면서 말이죠.

도망을 희망으로 바꾸는 변환장치-숲에서 그는 얼룩을 다독여 무늬로 바꾸어 냅니다. 결코 일방적이지 않은 식물 세계와 시인의 조화가 빚어내는 아름다움은, 시집의 표제이기도 한 『일간 어머니 정기 구독』의 전체를 포괄하는 주제이자 변종태 시인의 삶을 풍요롭게 만드는 바탕이면서 질서이기도 하죠.

식물과 시, 그 맞은편에 억척스레 울타리를 가꿔 온 어머니가 있습니다. 그의 주위를 맴돌며 멈추지 않는 손길로 자식의 안위를 걱정하죠. 그가 세상에 지쳐 누더기로 돌아올 때마다 두 팔 벌려 받아안는 존재로서, 어머니는 육체적 휴식과 정신적 평화를 끊임없이 공급하는 탯줄로 여전히 사랑을 실천합니다. 이때의 어머니는 시인에게 식물들이 제공하는 위로와 함께하며, 딱히 구분 짓지 않아도 좋을 하나의 세계가 되죠.

이 시집에 또 무엇이 더 있어야 할까요. 어머니와 식물들이 그를 통해 합일의 과정을 거쳐 시로 재탄생하죠. 그에게 시를 쓰는 일은 어머니와 식물들의 내·외를 오가는 순환이자 고단한 삶을 치유하는 일이며, 다시 일터로 자신을 밀어 가는 일이기도 하죠. 그때마다 어머니의 "텃밭"에서 배운 질서를 통해 어느 하나에 치우치지 않는 균형을 이룹니다. 창작이 꿈과 현실을 융합하는 화학적 반응을 지나면 새 이름이 필요하고 기꺼이 한 세계가 된다고들 말하죠. 그는 이미 '시인 변종태'라는 세계를 가꾸며 사는 게 아닐까 합니다.

이제껏 훔쳐보며 묻고 추측하던 그의 시를, 그의 자세로 온전히 되돌려놓으며 이 글을 내려놓을까요. 그에게서 얻은 "흔들림"이 "곡선을 만들고 다시 흘러"가는 아름다운 지혜의 인다라망(因陀羅網)을 이 시집을 읽을 모두가 함께하기를 바랍니다.

　흐르는 물과 함께 흐르던 그녀가 한숨을 쉬면 나무는 잠시 기우뚱 흔들린다 흔들림은 곡선을 만들고 다시 흘러간다 나무 안에서 쉬던 그녀가 나무 안에 사물을 담고 있다
　　　　　—「그녀가 나무에 사물을 담고 있다」 부분